내 잔이 넘치나이다

내 잔이
넘치나이다

임인숙 지음

좋은땅

목차

인간은 망각의 존재라고 했던가요?

까마득한 일처럼, 아니 처음부터 없었던 일인 것처럼 그렇게 살았습니다.

얼마 전, 지금은 소천하신 여자 목사님의 설교를 우연히 듣게 되었습니다.

설교 중에 몇 번이나 반복해서 말씀하시던

"하나님은 살아 계십니다! 하나님은 살아 계십니다!"

그 반복되는 말씀이 나를 휘몰아쳐 왔습니다. 마치 나는 잊고 살았던 무언가를 다시 꺼내 든 기분이었습니다.

'아! 그렇지! 하나님!' 나는 어쩌면 어느 한쪽에 밀쳐 두었던 소중한 물건이 생각난 듯 기분이 묘했습니다.

배은망덕한 사람! 그랬습니다. 나는 배은망덕한 사람이었습니다.

주일에 교회를 나가면서도 사역은 맡지 않았고 일이 바쁘다는 핑계와 전원주택으로 이사를 가서 집이 멀다는 핑계로 스스로를 납득시켰습니다.

그리고선 하나님과의 서원은 지키지 않고 모른 체하는 자신을 보게 되었습니다.

정신이 번쩍 들었습니다. 그리고 다시 기도하기 시작

했습니다. 오랜 시간 잃었던 기도를 회복하며 지키지 않은 서원이 생각났고 10여 년 전에 써 놓았던 글들을 모아 출판하기로 했습니다.

그리고 내가 저지른 잘못을 깨닫게 되면서 주님은 오랫동안 미워했던 어떤 사람을 미워하지 못하게 하셨습니다. 나의 잘못이 너무나 큰 이유로 아무도 미워하지 못하고 또한 아무도 비난하지 못하게 하셨습니다.

그랬습니다. 나는 그럴 자격이 없는 사람이었습니다.

이것을 깨닫게 하신 주님께 감사드립니다.

주님은 내가 얼마나 부족하고 연약하고 믿음을 저버리며 은혜를 망각하며 살았는지 낱낱이 알게 하시며 엎드리게 하셨습니다.

그런 후에 주님은 또 기회를 주십니다.

주님의 한없는 넉넉한 품에 또다시 안길 수 있도록 허락하십니다.

아무것도 자랑할 것이 없도록 하십니다. 내 잔이 넘치도록 또 부어 주십니다.

주여! 감사합니다.

주의 은혜로 내 잔이 넘치나이다. 고백하며 주께 엎드립니다.

제가 또다시 넘어질지라도 또다시 주께 돌아오기를 멈추지 않게 하소서.

제가 14년 전의 은혜로 살지 않게 하시고 오늘 하루의 은혜로 살게 하소서.

기도드립니다.

이 글들을 통해 먼저는 주님께서 홀로 영광받으시길 원합니다.

그리고 사랑하는 남편과 두 아들 준, 환이 일평생 주님을 떠나지 않으며 오직 여호와만 섬기며 따르길 기도합니다.

나를 위해 지금도 기도를 쉬지 않으시는 사랑하는 나의 어머니, 아버지께 사랑과 감사를 드립니다. 또한 윤 집사님을 비롯한 내가 사랑의 빚을 진 많은 이들에게도 이 자리를 빌려 감사를 표합니다.

내 잔이
넘치나이다

누군가가 말했습니다.

축복이란 선물은 환난이나 고난이란 포장지에 싸여져 온다고 말입니다.

나는 그 말에 전적으로 공감합니다.

2006년 12월 내 인생에 잊지 못할 일이 닥쳐왔습니다.

그해 건강검진을 통해서 갑상선에 암이 있음을 알게 되었습니다. 암이라는 말을 듣는 순간 나는 이제 끝이구나 생각했습니다.

그때까지만 해도 지금처럼 갑상선암이 많은 편이 아니었고 지금처럼 예후가 좋다는 것도 모르고 있을 때였습니다. 하지만 그것은 끝이 아니라 시작이었습니다. 그것을 통해 주님은 내게 주님을 알게 되는 축복을 예비해 두셨습니다.

나는 아홉 살 때 친구를 따라 처음 교회를 다니기 시작했습니다. 나의 고향은 경북 청송이라는 산촌인데 면소재지라 그래도 제법 많은 가구가 모여 사는 곳이었습니다. 마을에는 교회도 있었고 초등학교, 중학교도 있었습니다.

어느 날, 먼 친척뻘인 친구랑 놀고 있었는데 그 친구

가 심심하니까 교회에 같이 가 보자는 말에 따라나섰습니다. 그렇게 교회를 처음 가게 되었는데 당시 교회는 내겐 놀이터 같은 곳이었습니다. 교회에 가면 예쁜 선생님이 노래도 가르쳐 주시고 퀴즈를 맞히면 선물도 주는 그런 재미난 곳이었습니다.

그렇게 친구를 따라갔던 교회주일학교에서 열두 제자 이름을 외우고 성경 66권의 순서도 외우며 공책이며 연필을 타는 재미로 그렇게 교회를 다녔습니다.

어느덧 시간이 흘러 대학생이 되면서 고향을 떠나 대구에서 대학생활을 하면서 새로운 교회를 다니게 되었는데 어느 날 목사님이 하시는 설교가 마음에 걸려 왔습니다.

"우리는 우리의 것이 아니고 하나님의 것입니다. 왜냐하면 우리를 만드신 분은 하나님이시기 때문입니다. 그러므로 우리는 우리의 뜻이 아니라 하나님의 뜻대로 살아야 합니다."

나는 그 설교 말씀에 체한 사람이 되었습니다.

'나는 나의 것이지 내가 왜 하나님의 것이야! 아담과 하와는 하나님이 지으셨다고 했지만 나를 지으셨다고는 어디에도 없잖아? 저 목사님은 너무 웃겨! 그리고 하나님도 희한하신 분이네! 저런 말도 안 되는 소리를 나더러 믿으라고?'

나는 점차 회의에 빠졌습니다. 그리고 하나님은 내겐 별 도움도 안 되면서 내가 잘못했을 땐 나를 빤히 내려 다보며 무언의 압력을 넣는 그런 귀찮고 번거로운 존재가 되어 갔습니다.

그 당시에 나는 주일학교 교사를 하면서 성가대에 소속되어 있었습니다. 어느 날부터 아무런 믿음의 확신도 없이 아이들 앞에 선다는 것이 너무 부담이 되고 무의미하게 여겨지기 시작했습니다. 그래서 결국 대학 2학년 때 여름성경학교를 마지막으로 교회를 떠나게 되었습니다.

그 이후 10년 동안 나는 교회 근처에도 가지 않았습니다.

그러는 동안 학교를 졸업하고 믿지 않는 남편을 만나 결혼을 하면서 대구를 떠나 남편의 근무지인 부산에서 살게 되었습니다.

결혼 후 첫아이를 낳아 키우면서 아마도 아이를 키우는 일이 나름대로 많이 힘에 부쳤던 것 같습니다. 그래서 무언가에 의지하고 싶다는 생각을 하면서 집근처에 있는 교회를 찾아갔습니다. 그곳은 조그만 개척교회였는데 목사님과 사모님도 좋으시고 가족처럼 지내는 분위기가 좋아서 성경공부도 하고 재밌게 다녔습니다. 그러던 중에 남편이 다시 울산으로 발령이 나는 바람에 울산으로 이사를 오게 되었습니다.

울산에 와서도 집 근처에 있는 새로운 교회를 다니기 시작했지만 솔직히 믿음은 없었습니다. 둘째가 태어난 지 얼마 안 되었고 믿음보다는 또래 집사님들과 교제하는 재미로 다녔다고 해야 옳을 것 같습니다.

그렇게 몇 년이 지나 이번엔 남편이 제주도로 발령이 났습니다. 사실 제주도는 한 번쯤 가서 살아 보고 싶었던 곳이라 내심 좋았습니다. 그렇게 2003년 3월 초에 제주도로 이사를 가게 되었는데 우리는 제주시에 있는 오라동이란 곳에 살게 되었습니다.

그곳은 제주시내에 있으면서도 옛 시골정취를 그대로 간직한 귤나무가 가득한 그런 동네였습니다.

그곳에는 오라교회란 아담한 교회가 있었습니다. 그 교회는 침례교단이었습니다. 어릴 때부터 장로교회만 다니던 나는 이 교회가 혹시 이단은 아닐까 겁을 먹고 친정어머께 확인해 봐 달라고 부탁해서 확인한 후에야 수요예배에 참석해 보았습니다.

그날 수요예배엔 어떤 여자분이 설교를 하셨는데 말씀이 좋았습니다. 특히 그분의 기도가 너무 가슴에 와 닿았습니다.

"하나님! 하나님의 말씀이 오늘 우리 심령과 골수를

찌르는 검이 되게 해 주세요!"

나는 그때까지만 해도 그 말씀이 성경에 있는 말씀인 줄도 모르고

'아! 침례교회 사람들은 이렇게 기도하는구나! 너무 멋지다!' 혼자 생각했습니다.

사실은 그 기도가 마음에 들어서 그 교회를 가기로 결정했습니다. 나중에 알고 보니 그분은 그 교회 전도 사님이셨습니다.

그렇게 제주에서의 생활은 시작되었고 아직까지 남편은 교회를 다니지 않고 있었습니다. 남편은 교대근무를 했는데 남편이 쉬는 주일엔 함께 놀러 다니느라 주일도 빼먹곤 했습니다. 나는 온전한 주일성수의 개념도 없는 사람이었고 그야말로 교회 앞마당만 밟고 다니는 그런 사람이었습니다.

그렇게 시간이 흘러 제주에 정착한 지 4년째 접어들었습니다.

그때가 2006년이었습니다. 그해 가을 아침, 친정어머니에게서 전화가 걸려 왔습니다.

오늘 꼭 서점에 가서 《긍정의 힘》이란 책을 사 보라는 것이었습니다.

어머니는 그때 두 날개 교회 시스템을 운영하는 교회에 다니고 계셨는데 그 훈련과정에서 필독서로 선정된 그 책을 읽으시곤 너무 좋으니 꼭 읽어 보라고 신신

당부하시곤 전화를 끊으셨습니다. 나는 사실 그때까지 신앙서적이라고 하면 고리타분하고 재미없는 책으로 치부하고 있었던 터라 어머니 말에 건성으로 대답했습니다. 더군다나 저자가 목사님이라는 말에 '그럼 그렇지!' 하는 생각을 했습니다.

그런데 그날 오후에 나는 서점에 갈 일이 생겼습니다. 어머니가 말씀하신 책을 사러 간 것이 아니라 큰아이가 학교에 가져갈 문제집이 필요하다고 해서였습니다.

문제집을 사서 나오려는데 아침에 어머니가 말씀하신 그 책이 눈에 띄었습니다. 기독교서점도 아닌데 그 책이 있는 것이 신기해서 그 책을 샀습니다.

그렇게 해서 그 책을 읽게 되었는데 별 큰 감흥은 없었지만 내 눈을 사로잡는 부분이 있었습니다. 그것은 조엘 오스틴 목사님의 어머니가 간암판정을 받고 얼마 못 산다고 의사로부터 시한부선고를 받았음에도 몇십 년이 흐른 지금까지도 살아 있다고 한 대목이었습니다. 목사님의 어머니가 날마다 자신은 건강하다고 말로 선포했더니 진짜 건강하게 살고 있다는 것이었습니다. 나는 그 부분을 보며 '말의 권세가 정말 놀랍구나!' 그렇게만 생각했습니다.

나는 다니던 제주도교회에서 아주 귀한 벗을 만났습

니다. 나보다 일곱 살 많은 그분은 내가 속한 목장의 목자였습니다. 장로교에서는 보통 구역모임이라고 하는데 여기서는 목장으로 불렀습니다. 여자들만 모이는 낮 목장이었는데 때론 그 집사님과 나, 둘만 모이는 때도 있었습니다. 우리는 오전 10시쯤 모여서 오후 서너 시까지 입이 아프도록 나눔을 하고 헤어지곤 했습니다. 또 그 집사님과는 집이 가까워서 같이 산에도 다니고 가끔은 목욕도 같이 가곤 하였습니다. 그분에게는 신기한 점이 있었습니다. 마치 자신의 시간을 남을 위해 비워 두는 사람 같아 보였습니다. 내가 필요로 할 때 언제나 옆에 있어 주고 또 다른 사람에게도 그렇게 하는 것이었습니다. 처음에는 그런 점이 신기하게 보였습니다. 그런데 시간이 자꾸 지날수록 그 신기함은 점점 그분이 믿는 예수님에 대한 호기심으로 변해 갔습니다.

어느 날 같이 산을 오르다가 집사님이 《내려놓음》이란 책 이야기를 하셨습니다.

나는 그날 그 책을 빌려서 이튿날 밤늦게까지 단숨에 읽었습니다.

놀랍게도 그 책을 읽는 내내 나는 흐르는 눈물을 주체할 수 없었습니다. 알 수 없는 눈물과 충격에 휩싸여 정말이지 펑펑 울었습니다. 그 책 곳곳에는 하나님이 살아 계심을 고스란히 나타내고 있었습니다.

'어떻게 이런 일이 가능할까?'

'아니 그럼 하나님이 살아 계신다는 것이 진짜란 말이야?'

책을 읽는 내내 나를 사로잡는 생각은 그것이었습니다. 그 책 속에 살아 역사하시는 하나님 때문에 나는 울고 또 울었던 것 같습니다. 어릴 때부터 교회를 다녔지만 한 번도 하나님에 대한 체험이 없었던 나였기에 믿을 수가 없었습니다. 그리고 그날 밤 나는 무릎을 꿇고 기도했습니다.

"하나님! 당신이 만약 살아 계시다면, 아니 이 책에 나오는 선교사님이 만난 하나님이 내가 아홉 살 때부터 들어 오던 그 하나님과 동일하다면 나도 오늘밤 꿈에서라도 당신을 만나고 싶습니다. 당신이 선교사님처럼 똑똑하고 잘난 사람만 만나 주는 분이 아니라면 저도 꼭 만나 주세요!"

그렇게 기도를 하고 잠을 잤습니다. 저는 원래 꿈을 잘 꾸지 않는 편인데 그날 밤 꿈을 꾸었습니다.

그 꿈은 내가 하얀 시트 위에 누워 있는 꿈이었습니다. 병원으로 보이는 곳이었는데 내 옆에는 흰 가운을 입은 의사로 보이는 한 사람이 서있고 나로 보이는 사람이 누워 있었습니다.

그런데 신기하게도 또 하나의 나로 보이는 한 사람이 한쪽에 서 있었는데 침대 시트 위에 누워 있는 나를 내려다보고 있었습니다.

그 누워 있는 나는 이목구비가 나의 모습은 아닌데, 뭐랄까 마치 얼굴과 몸통과 다리가 어떤 검사를 할 때 특수한 장치를 통해 보이는 그런 모습을 하고 있었는데도 그 꿈에서 분명 그것은 나라고 느껴졌습니다. 그리고 신기하게도 누워 있는 내 몸 위로 빛이 지나가는 것이 보였습니다.

다음 날 잠에서 깨어난 나는 기분이 이상했습니다. 꿈도 잘 꾸지 않지만 쉽게 꿔지는 꿈이 아닌란 생각이 들었습니다. 그때 문득 떠오르는 것이 있었습니다. 며칠 전 건강검진센터에서 보내온 결과표였습니다. 유방 엑스레이검사에서 좌우비대칭이 심하고 조직이 조밀하니 다시 정밀검사를 해 보라는 것이었습니다. 나는 그때까지만 해도 여자들에겐 흔히 있는 일이라 생각하며 결과표를 한쪽에 밀쳐놓고 있었습니다.

그런데 그 꿈을 꾸고 나서 병원에 한번 가 봐야겠다고 생각하게 되었습니다.

한편으론 마음이 이상했습니다. 그 꿈에서 나는 주님을 만난 기분이 들었습니다. 그때 내 옆에 서 있던 의사로 보이던 그분이 주님이 아닐까 하는 생각이 자꾸 들었습니다.

　이틀 후, 나는 여성외과 병원을 찾았습니다. 다행히 유방초음파검사에선 아무 이상이 없다고 했습니다. 그런데 그 병원에서는 갑상선초음파검사를 무료로 해 준다고 했습니다. 내 목에 젤이 발리는 순간 고맙기는커녕 나는 기분이 언짢았습니다.

　'해 달라는 것만 해 주면 되지. 왜 쓸데없는 검사는 한다고 난리야?'

　어쩌면 그것은 여자의 직감이었는지도 모르겠습니다.

　그리고 불안이 엄습해 왔습니다.

　'아! 어쩌면 이것일 수도 있겠구나!'

　나도 모르게 그 꿈이 생각났습니다. 아니나 다를까 두 군데서 결절이 발견되었다고 했습니다. 그리고 그 자리에서 세포조직검사를 하고 병원을 나오는데 세포검사를 하느라 찔렸던 부위의 통증 때문에 눈물이 났습니다. 아니 더 정확히 말하면 알 수 없는 두려움 때문에 눈물이 났습니다. 결과는 일주일 후에 나온다고 했습니다. 그 일주일을 어떻게 보냈는지 모르겠습니다.

　그때가 크리스마스 즈음이었습니다. 그 즈음에 나는 《목적이 이끄는 삶》이란 책을 읽고 있었습니다. 《내려놓음》 이후 기독교서적에 대한 인식이 바뀌면서 다시 윤 집사님께 빌려 왔던 책입니다.

2006년 12월 29일 오후 다섯 시경에 병원에서 의사로부터 직접 전화가 왔습니다. 결과는 암으로 추정된다는 것이었습니다. 그리고 내일 보호자와 함께 병원으로 오라는 것이었습니다. 의사가 직접 전화한 건 그 병원의 방침이었는지 아니면 교회 전도사님의 지인이라 편의를 봐준 건지는 모르겠습니다. 어쩌면 나는 이미 예상하고 있었는지도 몰랐습니다. 하지만 직접 확인한 순간 까마득한 절벽 아래로 곤두박질치는 느낌이었습니다. 가기 싫은 길을 가야 하는 어린아이처럼 그렇게 마음으로부터 끈질기게 거부하고 싶었던 암이란 이름! 그 이름이 내 앞에 달리는 순간이었습니다.

그날 밤, 남편은 야간근무라 회사에 있었습니다. 아홉 살인 작은아이는 아빠가 야간근무를 하는 날이면 막내라서 그런지 어김없이 내 곁에 자겠다고 베개를 들고 나타났습니다.

녀석은 피곤했는지 금방 잠이 들었고, 잠든 아이를 바라보고 있자니 눈물이 왈칵 쏟아졌습니다.

'이 아이를 어쩌나! 이제 겨우 아홉 살인데….'

그 순간 동화 속에 나오는 온갖 계모의 이름과 모습이 머리를 스치고 지나갔습니다.

그날 밤, 나는 엄마 곁에서 편히 잠든 아이 때문에 한숨도 자지 못했습니다. 그리고 하나님께 물었습니다.

"저를 어떻게 하실 건가요? 저를 몇 살까지 살게 해주실 건가요? 내가 이 아이의 엄마인데 이 아이가 자라서 결혼할 때까지는 살아야 하는 것 아닌가요? 나는 이제 어떻게 되는 건가요? 당신이 진짜 살아 있는 분이라면 대답 좀 해 주세요!"

곧 죽을 것만 같았습니다.

'살아오면서 무얼 그리 남에게 잘못하고 살았던가? 크게 잘못한 것도 없는 것 같은데 왜 내게 이런 일이 생긴단 말인가?'

누구에겐지 모를 분노와 원망이 나를 밤새 괴롭혀 왔습니다.

다음 날 오후 남편과 함께 병원을 찾았습니다.

의사는 갑상선암에 대해 설명을 하고 갑상선암은 임파선 쪽으로 전이만 없다면 예후가 좋으니 걱정하지 말라고 하며 서울아산병원 갑상선암 권위자라는 홍 모 박사를 소개시켜 주었습니다. 그리고 서울아산병원에 2007년 1월 18일 날짜로 예약을 해 주었는데 전에 그분이 근무하던 곳이라 편의를 볼 수 있었습니다.

병원을 나오자 만감이 교차했습니다.

'아무리 치료가 잘된다고 해도 암은 암이지. 저 의사

는 순전히 나를 안심시키려고 저렇게 말하는 거겠지.'
하고 생각하니 씁쓸하기만 했습니다.

그런 일이 있고 나서 이틀 후였습니다.
무슨 정신으로 내가 다시 《목적이 이끄는 삶》이란 책
을 읽었는지 모르겠습니다.
그날 책을 읽던 나는 그 책에서 유난히 마음을 끄는
성경 한 구절을 읽게 되었습니다. 그것은 본문이 시작
되기 전에 작은 글씨로 맨 위에 쓰여 있는 성경구절이었
습니다.

"너를 지으며 너를 모태에서 조성하고 너를 도
와줄 여호와가 말하노라" (이사야 44장 2절)

너를 모태에서 조성했다는 그 말이 너무 인상 깊게
다가와서 나는 성경을 꺼내서 이사야서 말씀을 찾았습
니다. 거기에 똑같은 말씀이 있었습니다.
'어디 여호와가 말한다고 했으니 무슨 말을 하는가
한번 보자.' 그러면서 그 아래를 계속 읽어 갔습니다.
그런데 말씀을 계속 읽어 가던 나를 큰 충격에 휩싸이
게 하는 말씀이 있었습니다.

"배에서 남으로부터 내게 안겼고 태에서 남으

로부터 내게 품기운 너희여 너희가 노년에 이르기까지 내가 그리하겠고 백발이 되기까지 내가 너희를 품을 것이라 내가 지었은즉 안을 것이요 품을 것이요 구하여 내리라" (이사야 46장 3~4절)

무어라 형언키 힘든 강력한 힘이 내게 말해 온 것 같았습니다. 그런데 내 입술은 이미 말하고 있었습니다. "완벽한 응답이다."

내 몸엔 소름이 돋았습니다. 머리로는 도무지 이해가 되지 않는데 내 몸이, 그리고 입술에서 진실을 말하고 있었던 것입니다.

흰 것은 종이요, 검은 것은 글씨인 것은 여느 책과 같은데 이 책은 왜 꼭 사람이 옆에서 살아서 말하는 것처럼 이런 느낌일까? 도대체 어떻게 이런 일이 가능할까? 나는 의문에 휩싸였습니다. 그리고 너무 놀라웠습니다. 나를 몇 살까지 살게 해 줄 것인지 그리고 나를 어떻게 할 것 인지에 대한 물음에 너무도 정확하게 백발에 이르도록, 노년에 이르도록 품고 안고 구하여 내리라 말하고 있었습니다. 이해할 수 없는 그 강력한 힘에 나는 견딜 수 없었습니다. 이게 무엇인지 누구에겐가 묻고 싶었습니다.

윤 집사님께 전화를 걸었습니다. 그리고 같이 민 오름을 가자고 했습니다. 내가 살던 오라동에는 민 오름이란 오름이 있었는데 우리는 곧잘 거기를 함께 다녀오곤 했었습니다.

윤 집사님을 만난 나는 다짜고짜 물었습니다.

"집사님! 성경에 쓰여 있는 게 다 진실인가요? 그리고 성경대로 이루어지는 게 맞나요? 그리고 하나님이 진짜 살아 계신 게 맞나요?"

집사님은 왜 그러느냐고 나한테 반문했습니다.

나는 이사야서를 얘기했습니다. 집사님은 내가 물은 물음에는 답하지 않으셨습니다. 그리고선 한 번도 들려주지 않았던 당신의 간증을 그날 내게 들려주었습니다.

집사님의 고향은 울릉도인데 어떻게 해서 이 먼 곳 제주까지 결혼해서 오게 되었는지, 그 과정 속에서 어떻게 주님이 응답하시고 인도하셨는지 이야기해 주었습니다.

혼자 기도할 때 진동과 함께 방언을 받은 일, 결혼 전부터 예수 잘 믿어 복받은 여자가 되게 해 달라고 기도했는데 그분의 삶에서 주님이 어떻게 응답하셨는지 그날 모두 얘기해 주었습니다.

4년 동안 한 번도 들을 수 없었던 이야기를 그날 한꺼

번에 들었습니다. 그 얘기를 들으며 나는 가슴이 마구 뛰었습니다. 그리고 '아! 하나님이 진짜 살아 계시는 게 맞구나!' 하는 생각이 들었습니다.

민 오름을 어떻게 다녀왔는지 모르게 다녀와서 집사님과 헤어져 집으로 돌아왔습니다.

그리고 집으로 돌아온 나는 이렇게 기도했습니다.

"하나님! 저는 우리 친정아버지를 닮아서 흰머리가 아직 없어요. 백발이 되도록 살려면 백 살까지 살아야 할지도 몰라요. 저는 백 살까지 살고 싶지는 않아요. 당신의 말이 진실이라면 저를 아프지 않고 여든 살까지만 살게 해 주세요."

그때 내 나이 마흔 둘이었습니다.

서울 아산병원을 가야 하는 날짜가 다가왔습니다.

새벽 비행기를 타고 지하철을 타고 그렇게 찾아간 병원에서 진료 시간은 단 5분, 다시 지하철을 타고 비행기를 타고 제주로 돌아왔습니다. 그런 시간들이 계속되었습니다.

그러던 중, 2007년 1월 말경에 암이 임파선으로 전이됐다는 것을 알게 되었습니다.

다시 아산병원에서 초음파검사를 했는데 오른쪽 임파선에 암으로 추정되는 것들이 여러 군데 보인다고 했고 더 정확하게는 세포정밀검사를 해보아야 한다고 했습니다.

'아! 이제 정말 끝이구나!' 하나님이 내게 해 주셨던 약속 같은 건 생각나지도 않았습니다. 그 순간 가장 절실했던 건 내가 서 있는 땅만큼 아래로 꺼져 버렸으면 좋겠다는 것이었습니다. 흔적도 없이 사라져 버리고 싶다는 생각만 들었고 사람들이 왜 잠적하는지 비로소 이해가 되었습니다.

병원을 오가는 수많은 사람들의 목소리가 무성음처럼 내 귀엔 들어오지 않았습니다. 마치 혼자 진공상태에 있는 것처럼 느껴졌습니다. 병원 로비 한쪽에 앉아 그렇게 얼마 동안 있었던지 날이 어두워 오고 있었습니다. 퍼뜩 아이들 생각이 났습니다. '아이들이 기다리고 있을 텐데….' 그 생각이 나를 일으켜 세웠습니다. 모성은 참으로 위대한가 봅니다. 그렇게 집으로 돌아온 이후 나는 지독한 염려와 두려움으로 잠을 잘 수도, 먹을 수도 없었습니다. 그리고 이제껏 내가 알아 온 모든 사람이 낯설어 보였고 심지어 남편과 아이들조차도 낯설어 보였습니다.

나를 제외한 이 세상 모든 사람들이 행복해 보여서 그들이 괜히 싫고 미웠으며 아무도 만나기 싫었습니다.

며칠을 그렇게 보낸 나는, 다시 《목적이 이끄는 삶》
이란 책을 손에 들었습니다.

거기 또 이사야서 말씀이 있었습니다.

"너는 두려워 말라 내가 너를 구속하였고 내가
너를 지명하여 불렀나니 너는 내 것이라" (이사
야 43장 1절 하반절)

신기했습니다. 그 말씀을 본 순간, 이번에는 어떤 이
성도 작용하지 않고 그저 통곡만 나왔습니다. 아무
쓸모없이 여겨지는 나에게 그분은 너는 내 것이라 말
씀하신 거였습니다. 그런 그분이 너무 고맙고 황송해
서 눈물이 그치지 않았습니다. 마치 자신이 폐차장에
끌려가는 자동차처럼 여겨질 때였습니다. 아무 쓸모없
는 나에게 그 놀라운 말씀을 하시는 분은 고향에 있는
교회의 장로님이 기도할 때마다 말씀하셨던 전지전능
하시고 천지를 창조하신 바로 그분으로 비로소 다가왔
습니다.

그 일이 있은 후, 신기하게도 내 안에 있던 모든 두려
움과 염려가 거짓말처럼 사라졌습니다.

놀라운 일이었습니다. 마치 좋은 일이 있는 사람처럼
나는 기뻤고 알 수 없는 기쁨이 내 속에 넘쳐서 어떤 두

려움이나 염려도 침범하지 못했습니다.

그 즈음, 나는 윤 집사님의 권유로 처음으로 큐티를 시작했습니다. 마태복음이 계속되고 있었습니다.

거기 온갖 병을 고치는 예수님이 있었습니다. 귀신들린 자, 말 못 하는 자, 중풍병자, 앞 못 보는 자, 열두 해를 혈루증을 앓던 여자, 눈물이 났습니다. 그리고 처음으로 주님이 의사인 걸 알았습니다.

"아! 예수님이 의사셨구나! 그분이 의사라면 내 병도 고쳐 주시겠구나! 그런데 예수님은 수술도 하지 않으시고 말씀으로만 치유하시는구나!"

신이 났습니다. 이 세상에서 가장 유능하고 멋진 의사를 알아낸 기쁨으로 나는 들떴습니다.

그 후로도 나는 윤 집사님과 거의 날마다 민 오름을 갔고, 산을 오르내리며 큐티 나눔을 했습니다. 이미 나는 주님이 베푸신 기적 속을 살고 있었습니다.

2007년 1월에 남편은 다시 울산으로 발령이 나서 울산으로 떠나고, 아이들이 봄방학 할 때까지 나는 제주에 남게 되었습니다.

그해 3월 2일 제주를 떠나던 날, 나는 비행기 안에서 내내 울었습니다. 이 힘든 시간에 집사님과 떨어져서 지내야 한다는 것이 너무 두렵고 슬펐기 때문이었습니다.

드디어 울산에서의 생활이 시작되었고 감사하게도 주님은 나를 혼자 내버려 두지 않으셨습니다. 윤 집사님과 나는 전화로 큐티 나눔을 시작했고 지속적인 교제를 했습니다.

그러는 사이 서울에서의 수술 날짜가 예상보다 늦은 5월 15일로 정해졌습니다.

그날은 2007년 3월 23일 밤이었습니다.

밤 11시쯤이었는데 남편과 이런저런 얘기를 하다가 남편은 먼저 잠이 들고 나도 막 잠에 빠져들 찰나였습니다.

"두려워 말라, 내가 성령이니."

처음 듣는 목소리가 내 귀에 들려왔습니다. 그리고선 폭풍 같은 진동이 내 발에서 머리끝까지 순식간에 지나갔습니다. 그런데 내가 말했습니다.

"아! 하나님이 오셨네." 그리고선 잠에 빠져들었습니다.

그다음 날 눈을 떴을 때, 내 머릿속은 어지러웠습니다. 사실 나는 그때까지도 성령님이 누구신지 정확하게 모르고 있었습니다.

'나는 성령님을 그저 하나님의 사자 정도로만 알고

있었는데 마치 어젯밤의 그분은 자신이 하나님인 것처럼 그렇게 말했을까? 나는 또 왜 그분을 하나님이라고 했을까?'

머릿속은 헝클어진 실타래처럼 뒤죽박죽이었고 일어날 힘이 없었습니다.

'내게 무슨 일이 일어난 걸까?'

한편으론 두렵기도 했습니다. 하지만 그 음성과 진동과 내가 했던 말은 너무나 선명하게 남아 있었고 그것은 분명히 실제였음은 누구보다 내가 더 잘 알고 있었습니다.

거실로 나오니 남편은 출근 준비를 하느라 옷을 입고 있다가 멍하니 있는 내가 좀 이상해 보였는지 나를 힐끔 쳐다보았습니다.

"어젯밤에 하나님이 오셨더라."

혼잣말처럼 내가 말했더니 남편이 단번에 받았습니다.

"드디어 미쳤구나!"

화가 나지도 않았습니다. 그럴지도 모른다는 생각이 들어서였습니다.

'나는 왜 또 성령님을 하나님이라고 하는 걸까?'

어떻게 아이들을 학교에 보냈는지 기억도 나지 않았습니다. 혼자 남은 나는 다시 이불을 뒤집어쓰고 누워서 생각했습니다.

'내가 암에 걸리더니 이제 진짜 미치기까지 한 걸까?'

그런데 아무리 생각해도 미치지는 않은 것 같았습니다.

하루 종일 아무것도 할 수 없었습니다. 그러다가 성령님이 누구실까 궁금해서 성경을 찾아봤지만 아무리 찾아도 내 눈엔 성령에 대한 구절은 보이지 않았습니다.

그런데 얼마 후 성령님이 누구신지 알게 되는 일이 내게 생겼습니다.

그날은 친정아버지의 생신이었습니다. 나는 그 와중에 발목 아킬레스에 염증이 생겨 한 달째 고생하고 있었는데 아직 친정부모님께는 내가 암에 걸렸다고 말도 못 하고 있을 때였습니다.

다음 날은 서울아산병원에 세포정밀검사가 있어서 서울로 가야 하기에 혼자 버스를 타고 대구에 있는 친정에 갔습니다.

발목을 절룩거리며 운동화를 신고 나타난 나를 어머니는 걱정스러워하셨고 내 머릿속은 온통 내가 암에 걸렸다고 말을 해야 할지 말아야 할지 그 생각만 가득했습니다. '말을 한다면 뭐라고 말을 시작해야 할까?' 결국 그날 나는 차마 말을 하지 못했습니다.

다음 날 새벽, 어머니가 새벽기도에 다녀오시는 소리에 잠이 깼는데 어머니가 내 곁에 다가오시더니 "기도해 줄게." 하셨습니다.

나는 어머니가 내 발목 때문에 기도해 주시는 걸로 생각했는데 어머니가 손을 대신 곳은 내 발목이 아니라 목이었습니다. 순간 나는 깜짝 놀랐습니다. 상식적으로 생각해도 목은 몸에서 움푹 들어간 곳이라 마음먹고 만지지 않는 이상 만지기 어려운데 어떻게 어머니는 내가 목이 아픈 걸 아셨을까? 어머니가 손을 대신 곳은 정확히 갑상선의 자리였습니다.

어머니의 기도를 받으며 내 눈엔 눈물이 마구 쏟아졌고 어릴 때 외웠던 사도신경이 생각났습니다.

'성령을 믿사오며 성도가 서로 교통하는 것과'

'아! 이런 것을 가르쳐 주시는 분이 성령님이시구나! 내가 말 못하며 속앓이 하는 것까지 어머니에게 가르쳐 주는 분! 그렇다면 성령님이 하나님이 맞구나!'

그 새벽, 성령께서 친히 자신의 존재를 내게 가르쳐 주신 것이었습니다. 참으로 신비했습니다. 그 신비한 아침, 나는 혼자 기차를 타고 서울로 향했습니다. 기차 안에서 어머니가 싸 주신 김밥을 먹으며 마치 소풍 가는 아이처럼 나는 행복했습니다. 뭐라 말할 수 없는 평안이 나를 사로잡았습니다. 조금 후에 있을 세포정밀검사에 대한 염려는 사라지고 없었습니다. 어제와 다른 오늘이 나를 기다리고 있었습니다.

나는 들고 온 가방에서 노트를 꺼내 그 신비하고 놀라운 하나님께 편지를 썼습니다. 그 편지는 〈봄날〉이라는 시가 되었는데 그때부터 나는 하나님께 시를 바치고 싶다는 생각을 하게 된 것 같습니다.

봄날

주님!
당신이 만드신 개나리가 피었습니다.
산자락 군데군데 피어난 노오란 물결들이
저를 행복하게 합니다.
당신께서도 보고 계시겠죠
봄빛 찬란한 오늘
햇살 가득한 창가에 앉아
당신과 커피 한잔하고 싶습니다.

내 어릴 적 꿈은 시인이 되는 것이었습니다. 푸른 꿈을 안고 원하던 대학의 국문학과에 입학했지만 내가 대학에 다니던 1980년대는 날마다 최루탄 가스가 대학 캠퍼스를 뒤덮는 일이 허다했습니다. 핑계 같지만 시를 쓰는 일이 시시해졌고 아무 의미가 없는 듯했고 날마다 허무했고 날마다 심드렁했습니다.

오직 시를 배우겠다는 생각으로 그 대학에 입학했지만 내가 좋아했던 시인은 정치적인 이유로 이미 그 대학을 떠난 후였고 대학 생활은 방황의 연속이었습니다.

급기야 1년간 휴학을 했고 다시 복학을 해서 졸업을 하긴 했지만 시에 대한 열정은 이미 사그라지고 없었습니다.

그 후 20년도 더 지난 시간, 나는 주님께 시를 바치고 싶다고 생각한 것이었습니다.

그때부터 날마다 조금씩 시를 쓰기 시작했고, 100편의 시를 엮어 2010년에 《은혜의 나무》란 제목으로 시집을 냈습니다.

비록 자비로 낸 시집이었지만 주님께 바치는 시집이라 너무 기뻤고 행복했습니다.

표지의 그림과 '은혜의 나무'란 제목은 주님이 꿈에서 보여 주셨습니다. 내가 은혜의 나무란 시를 전날 썼는데 다음 날 꿈에서 제목과 표지그림과 표지 맨 위쪽에 시편 말씀까지 모두 보여 주셨습니다. 마치 사진을 찍듯이 선명하게 말입니다. 그리하여 시집을 내게 되었는데 표지에 대해 언급하지 않은 채 출판하게 되어서 내내 마음에 걸렸습니다. 마치 남의 것을 가지고 내 것인 냥 하는 사람이 된 것 같았습니다. 그리하여 빚을 청산하는 마음으로 이번 기회에 밝히는 바입니다.

은혜의 나무에 나오는 시편의 말씀과 표지 그림, 제

목 모두는 주님이 디자인하시고 보여 주신 것입니다. 나는 다만 그것을 지인의 따님에게 전달해서 그대로 그려 달라고 했던 것입니다.

2010년 시집을 낸 이후 나는 일천 편의 시를 주님께 바치겠다고 서원했습니다. 그런데 10년의 시간이 지난 지금까지 그 서원은 지켜지지 않은 채 그대로 봉인되어 있었습니다. 그뿐 아니라 배은망덕한 사람처럼 나는 주님이 베푸신 은혜를 망각하고 무어 그리 바빠서 예배도, 주님도 소홀히 한 채 세상일에 분주한 자신을 어느 날 보게 되었습니다. 그래서 늦었지만 지금이라도 주님과 한 약속을 지키기로 하고 그 첫걸음으로 100편의 시 이후, 써 놓았던 시들과 간증을 묶어서 다시 내기로 했습니다.

이것을 계기로 새로운 노래로 주님을 찬양하며 주님과의 약속을 지켜 갈 것을 다시 마음먹었습니다.

"주님! 너무 오래 기다리시게 해서 죄송해요.
그럼에도 묵묵히 기다려 주셔서 감사드려요.
이제 다시 주님이 주시는 새 노래를 부르겠습니다.
기쁜 노래! 세상이 알 수 없는 비밀의 노래!
세상의 모든 슬픔을 덮을 수 있는 기쁨의 노래!
세상의 고통이 감히 넘볼 수 없는 힘찬 새 노래를 힘껏 부르겠습니다!"

2007년 5월 15일 서울 아산병원에서 여덟 시간 동안 갑상선과 임파선수술을 했고 임파선 쪽의 전이로 목둘레 24센티가량의 흉터가 생겼습니다. 그 후 경북대학교 차폐병동에서 방사선요오드치료를 했으며 5년 동안 정밀검사를 매년 하면서 지내다가 5년이 지난 후에 완치판정을 받았습니다. 물론 나는 아침마다 갑상선호르몬제를 먹고 있습니다.

새노래, 곧 우리 하나님께 올릴 찬송을 내 입에 두셨으니
많은 사람이 보고 두려워하여 여호와를 의지하리로다 (시40:3)

1. ───────────────────

고백

새 노래를 부르라

억새가 흐드러지고 청둥오리가 날아오르는 들판을
걸었다.
나무들은 제각각 자신만의 색깔을 뽐내며
가을꽃들은 오색의 빛깔들로 노래하고 있었다.

저 멀리 다 허물어져 가는 기와집이 보였다.
남편은 그 집 앞의 소나무가 멋있다고 했다.
그 집터에 다시 한옥이나 한 채 짓고 살면 좋겠다고
했다.
나는 그 집보다 조금 뒤에 자리 잡은
양지바른 언덕배기집이 마음에 들었다.

오랜만에 햇살을 받으며 들길을 걸으며
나는 마음으로부터 들려오는 노래를 들었다.
새 노래였다. 내 마음을 행복하게 하는 노래
내 마음속 깊은 곳에서 기쁨의 노래가 울려오고 있
었다.

새 노래를 부르라!
여호와를 찬양하는 새 노래를 부르라!
들판에서 만난 여호와의 음성이었다.

증인

이 가을에 숙제처럼 다가오는 짐이 있다.
또다시 정밀검사를 해야 한다는 것이다.
올 여름은 유난히 더워서 가을로 미뤘다.
세 번째 정밀검사를 앞두고 여러 가지 걱정이 앞선다.
한 달 동안 약을 끊고 식이요법을 하면서 많은 수업
을 해낼 수 있을까?
한편으론 하나님이 고쳐 주셨는데
매해 번거롭게 정밀검사를 할 필요가 있을까 하는 생
각도 든다.
하지만 하나님이 고쳐 주셨음을 다시 한번 확인할 수
있으니 감사하며 따르기로 마음먹는다.
하나님은 내세울 것 하나 없는 나를 전적인 그분의
은혜로 채워 주셨다.
그런데도 나는 말로 전도를 잘하지 못한다.
그래서 내게 시를 쓰게 하시나 보다.

아! 하나님! 오늘 나는 당신의 뜻을 하나 더 발견했습
니다.
이제 두려워하지 않으며 이 한 달을 견디며
당신이 하신 일을 또다시 확인하며, 당신의 증인으로
살게 해 주세요.

슬픈 노래

며칠 전부터 머리가 어지러웠다.

정기 정밀검사가 끝나던 날 밤부터인 것 같다.

이비인후과를 가고

신경과를 가고

내과를 가고

그러면서 한 주가 흘렀다.

내과에서 준 약을 먹고 잠에 취해 누웠다.

그러다 문득 주님께 물었다.

주님! 제가 왜 이러고 살아야 하나요?

그때 내 입에서 처음 들어 보는 노래가 나왔다.

마치 장송곡과 같은 가락이었다.

슬프디슬픈 노래.

누군가가 부르는 알지 못할 노래가

내 입술을 통해 계속되는 느낌이었다.

얼마 후 나는 그 노래가 주님이 나 때문에 흘리는 눈물의 노래인 것을 알았다.

나는 그 어떤 의사에게 가기 전에 주님께 먼저 묻지 않았다.

내가 가 볼 수 있는 모든 병원을 두루 다닌 후에야 비로소 주님께 물었다.

그래서 주님은 슬퍼하셨다.

그리고 세상에서 들을 수 없는 가장 슬픈 노래를 부르셨다.

그 노래를 부르며 주님은 우셨다.

그런 주님의 마음이 느껴져 주님께 너무 미안하고 죄송해서

한참을 나도 그렇게 울었다.

마음의 십일조

이번 달은 적자였다.
어쩌다 보니 십일조를 놓쳐 버렸다.
마음의 짐이 봇물처럼 밀려와
내내 마음이 무거웠다.
게다가 몸살로 계속 아팠다.

아픈 몸과 무거운 마음으로 누워서 기도했다.
마치 아나니와 삽비라가 된 것 같았다.

그때 기도 중에 주님은 내게 말씀하셨다.
"마음의 십일조를 내게 달라!
물질이 아닌 너의 마음!" 퍼뜩 정신이 들었다.
물질만 생각하고 있는 자신
내 마음은 어떤가? 마음의 십일조!
주님은 내 마음의 십일조를 원하고 계셨다.
세상에 뺏긴 내 마음을 회복하길 원하셨다.
겨우 큐티만 하고 잠깐씩 기도하고
내 마음대로 모두 써 버린 나의 마음
내 마음을 원하신 주님!
아픈 몸을 일으켜 앉아 주님께 기도했다.

주님! 제 마음을 주님께 드립니다.
주님 마음 몰라드려 너무 죄송해요.

눈물

차가운 기운이 온 땅을 감싼 아침.
라디오에서 들려오는 시편의 말씀이 나를 울게 했다.
나중에는 그 말씀은 잊어버리고 그저 눈물만 났다.
며칠 동안 계속되는 기침과 한기 때문에 마음이 약해
진 걸까?
주님 앞에 엎드려 기도 대신 눈물만 흘렸다.
계속되는 울음 때문에 나의 목소리는 나오지 않는다.
그저 아이처럼 소리 내어 울음만 나온다.
세상을 살면서 마음 아팠던 순간들이 지나갔다.
그 모두를 말 대신 울음으로 주님께 내놓았다.
한참을 울고 났더니 속이 말개졌다.
주님은 내 울음을 기도로 받아 주셨다.
후련한 마음으로 주님께 고백했다.
나의 아버지가 되어 주셔서 감사해요.
나의 눈물을 들어 주셔서 감사해요.

천국

늘 천국이 궁금했습니다.
내가 알던 사람의 어린 아들이
몇 년 전 교통사고로 죽었는데
어느 날 그 아들이 환하고 빛나는
커다란 호숫가에서
주님 품에 안겨 행복해하는 꿈을 꾸었습니다.

지난여름 외할머니가 돌아가시던 날
젊었을 때 얼굴을 하시고선
흰옷을 입고 하늘 길을 걸으시더니
하늘로 올라가는 사다리를 타고 오른 후에
좁은 문이 열리며
그 문으로 들어가는 환상을 보게 하셨습니다.

그 후 내내
천국이 더 궁금해지기 시작했습니다.

그러다 며칠 전 초청간증 예배 때 강사분이
천국에 관해 말했을 때
아! 주님이 이렇게도 가르쳐 주시는구나!

혼자 웃음이 났습니다.
더구나 각자가 하고 싶은 일을 하며
좋아하는 취미대로 살도록
예비해 놓으신다는 말이
너무 좋았습니다.
역시 주님은 멋지십니다.
나를 위해 내 살 곳을 예비해 놓으실 주님!
각자의 인격을 존중하시며
인정해 주시는 주님!
구름 속에 들어 있던 해가 막 고개를 내미는지
갑자기 환해집니다.
마치 주님이 내 인생에 찾아오신 첫날 같은,
따스하고 환한 빛입니다.

쉼

언제부터인가 나는 쉼이란 단어를 그리워했다.
쉼에 대한 동경이랄까
아마도 오랜 수술로 인한 휴유증으로
늘 피곤한 몸에 대한 미안함 때문인지도 모르겠다.
내가 아는 어떤 이가 있다.
그는 유방암수술을 한 후
얼마간의 보험금을 탔는데 그 돈은 자기 자신만을 위
해 쓴다고 했다.
집안일을 도와주는 사람을 일주일에 서너 번씩 불러
서 도움을 받고 있다고 했다.
그 얘기를 들으며 참 현명한 사람이란 생각을 했다.
그 사람은 나의 전도 대상자인데 그런 그가 내게 물
었다.
어떻게 그 몸으로 일과 집안일을 다 감당하느냐고
그 얘기를 들으며 갑자기 내 몸에게 너무 미안해졌다.
또한 자신이 참 바보처럼 느껴졌다.

그와 헤어지고 돌아오는 길에 내 자신에게 물었다.
무엇 때문에 이렇게 바쁘고 피곤하게 사는가?
그럼에도 불행하다고 느껴지지 않는 건 왜일까?

그것은 그분이 주시는 새 날, 그리고 새 힘이란 걸 새삼 알았다.

　나보다 더 현명해 보이는 그녀.

　하지만 그와 나의 다른 점은 똑같이 이 세상을 살고 있지만

　하나님의 존재를 알고 모른다는 것, 바로 그 차이이다.

　그것이 나를 버티게 하는 원동력임을 그녀는 모른다.

숲을 보라

아주 간만에 산을 올랐다.

더위에 지쳐 오르지 않았던 산이었다.

오늘 건강검진에서 가슴에 조그만 결절이 있음을 알았다.

당장 어떤 조치를 취해야 하는 것은 아니나

매년 지켜보며 추적검사를 해야 한다고 의사가 말했다.

나이를 먹는다는 것이

육신이 약해져 가고 있다는 것이

새삼 서글퍼졌다. 그리고 서러웠다.

땅만 보며 터덜터덜 걷고 또 걸었다.

마치 광야를 걷는 기분이 들었다.

이스라엘 백성들이 걸었을 그 광야가 이랬을까 싶었다.

그리고 주님께 물었다.

주님! 왜 저는 이런 광야길만 걷게 하시나요?

광야에서만 주님을 바라보는 저의 믿음 없음 때문인가요?

눈물이 쏟아졌다.

그때 주님은 말씀하셨다.

숲을 보라!

네가 걸을 곳은 광야가 아니라 저 숲과 같다.

고개를 들어 바라본 숲은 생명이 넘쳤다.

청설모 한 마리가 나뭇가지 위를 재빠르게 옮겨 다니는 숲을

나는 한참동안 바라보았다.

그리고 호수가 내려다보이는 나무벤치에 기대앉았다.

숲은 마치 하나님의 품속 같았다.

내 마음의 불안과 두려움 그리고 서러움이 녹아내리고 있었다.

광야가 아니라 숲을 보라!

지친 내게 다가온 주님의 음성이었다.

나의 출애굽

하나님은 모세를 통해 일하셨다.
바로의 마음을 완악하게 하셨고
그것을 통해 하나님의 하나님 되심을 나타내셨다.
이스라엘 백성들의 연약함을 아시기에
그들에게 하나님을 가슴 깊이 새겨 주고 싶으셨다.
온 애굽의 장자들이 죽어 갈 때
그들에겐 죽음의 그림자가 넘어가게 하셨다.
그들만의 유월절!
하나님의 보호와 인도하심의 놀라운 경험 속에 그들은 전율했을 것이다.

내가 암환자였다는 사실에 사람들은 주목한다.
요즘 들어 갑상선암이 증가하고 있다고 한다.
그래서인지 주위에서 알음알음으로 물어 오는 사람들이 있다.
갑상선암은 유독 피곤을 많이 느낀다.
나도 가끔씩은 천 길 낭떠러지로 떨어지는 피곤함에 빠질 때가 있다.
그런 것을 일일이 사람들에게 말할 수 없으니 때론 짜증도 나고 몰라주는 상대방이 야속하기도 하다.

그들에겐 당연한 일임에도 섭섭하다.

그래도 나는 다른 사람들에 비하면 피로를 덜 느끼는 편이다.

이건 모두 하나님의 은혜인 것을 나는 안다.

정기검진 때마다 옆자리에서 들리는 피곤하다는 말은 끝도 없다.

암은 내게는 이스라엘 백성들의 유월절과 같다.

죽음의 공포와 고통 속에서 하나님의 일하심을 보았다.

그 속에서 평안과 위로와 기적들을 보게 하셨다.

하나님이 계시지 않았다면 나는 얼마나 두렵고 두려웠을까.

하나님이 동행하신 나의 출애굽!

나를 혼자 버려 두지 않으신 나의 아버지.

그분께 오늘도 감사를 바친다.

세상에서 가장 긴 편지

언제부터인지는 모르겠습니다.

당신께 세상에서 가장 긴 편지를 쓰고 싶단 생각이
든 것이.

잠이 오지 않아 뒤척이던 밤이었는지

길을 걷다 문득 떠오른 생각이었는지는 기억이 나지
않습니다.

다만 언제 어디서나 내 마음에 귀 기울여 주는 분이
계시다는 것이

눈물 나게 고마워지기 시작했기 때문입니다.

그런 당신이 계시다는 것이 기적으로 느껴지기 시작
했기 때문입니다.

내 마음 모두를 내보일 수 있는 당신 때문에

내가 비로소 행복해지기 시작했기 때문입니다.

당신 때문에 내가 얼마나 행복한지 당신은 아십니다.

아무도 모르는 고통 속에서 신음할 때 함께해 주셨고

캄캄한 어둠 속에서 눈물지을 때 내 눈물을 닦아 주
셨죠.

그런 당신의 손길과 당신의 마음을 기억합니다.

그뿐인가요. 오늘도 내 기도를 들으시고

내게 가장 좋은 것으로 채워 주시는 당신.

당신은 나의 자랑이며 내 마음의 보석입니다.

가장 빛나며 가장 아름다운 보석.

이 세상 어느 누구에게도 쓰지 못할 편지를 당신께만
바칩니다.

세상에서 가장 긴 편지를 당신께만 바치고 싶은 까닭을
당신이 먼저 아시기에 그 또한 행복입니다.

다시 시를 쓰며

대학 시절 내가 좋아했던 시인의
마지막 초라한 뒷모습을 본 이후
다시는 시를 쓰지 않았다.
시를 읽지도
시집을 사지도 않았다.
시는 내게 슬픈 추억이 되었다.

마흔이 훌쩍 넘은 지금
다시 시를 쓴다.
다시 시를 읽는다.
이제 그것은 더 이상
슬픈 추억이 아니다.
다만 내 삶의 흰빛 고백이다.
내 속에 가두어 두면 참을 수 없어
바깥으로 배어 나오는 그 무엇이다.

다시 꾸는 꿈

서른세 살이었다.
김승희란 여류작가의
《33세의 팡세》란 책을 읽었다.
그리고 내 나이 마흔 무렵
시집을 내고 싶다고
혼자 꿈을 꾸었다.
마흔이 지난 지금
조금은 늦었지만
자신에게 했던 그 약속을
지킬 수 있어 다행이다.
그리고 다시 꿈을 꾼다.
내 일생 동안
일천 편의 시로
온전한 일천번제를
주님께 드릴 수 있기를,
이것은 신께 드리는 기도이며
내 마음의 소원이다.
서른셋과 마흔여섯의 차이
나이의 간격이 내게 준 선물,
그리고 다시 꾸는 꿈이다.

당신 맘에 드시나요?

주님! 당신의 시집이 나왔어요.

사람들은 무어라 이런저런 말들을 하지만

저는 당신이 가장 먼저 떠오릅니다.

당신 맘에 드시나요?

표지는 어떤가요?

주님이 제 꿈에 찾아오셔서 보여 주셨던 그 꿈.

그 꿈 때문에 제가 여기까지 오게 되었네요.

그저 나 혼자, 주님과 나만 아는 비밀로 간직하려고
했는데

주님이 꾸게 하신 그 꿈 때문에

때론 몸살처럼 앓기도 했던 것을 당신은 다 아실 테
지요.

시집이 배달되어 온 날

꾸러미를 푸는 저의 손이 떨려 왔어요.

그리고 드러난 표지그림이 제 맘에는 쏙 들었어요.

주님 맘에도 드시나요?

조촐한 출판예배를 드릴 때도

주님 맘에 드시는지 계속 묻고 있었지요.

이 세상 어느 누구의 칭찬보다도

애썼다 내 딸아! 음성을 듣고 싶었어요.

예기치 못했던 어느 봄날처럼
당신은 또 그렇게 들려주실 건가요?
당신이 내게 베푸신 게 하도 많아서
미처 다 쓰지 못한 것들 시로 적어
당신께서 나를 부르시는 날
천국에서 당신 곁에 앉아 읊어 드리고 싶어요.
그 누구보다 당신 맘에 드는 시를 쓰는
하나님의 시인이 되고 싶습니다.

2.

묵상

멍에

며칠 동안 어지럼증으로 고생했다.

그러던 어느 날 레위기 26장 13절 말씀을 보았다.

"내가 너희의 멍에의 빗장을 부수고 너희를 바로서서 걷게 하였느니라"

그 말씀을 보는데

술에 취한 사람마냥 어지러워

걸음 걷는 것조차 힘든 나의 모습이 떠올라 눈물이 났다.

그리고 나는 그 말씀에 "아멘!" 했다.

그리고 기도했다.

주님! 이 말씀으로 내 어지럼증을 치유해 주실 것을 믿습니다.

놀랍게도 그 일 이후로 내 어지럼증은 치유되었다.

내 건강이 염려되어 회사에 가서도

수시로 어떠냐고 전화했던 남편은

신통방통하다고 했다.

그렇다! 하나님의 말씀은

그 누구도 고칠 수 없는 모든 것을 고칠 수 있다.

질병이든 환경이든 그 무엇이든
내가 그런 하나님을 알고 있다는 것이 너무 좋다.
그리고 너무 고맙다.

손을 내밀며

마태복음이 계속되고 있었다.

거기 한 사람
손 마른 자가 있었다.
너의 손을 내밀라.
그가 순종하여 손을 내밀었다.
그 순간 그의 손이 멀쩡해졌다.
너무 멋지다!
이 세상 어느 누가 이렇게 할 수 있는가?
그 유일한 분!
나는 그분께 반했다.

너의 손을 내밀라!
동일한 음성으로 주님은 내게 다가오셨다.
주님 앞에 부끄럽게 손을 내밀었다.
그 순간 내 손에 잡고 있던
모든 염려가 사라져 갔다.
눈물이 났다.
내 마음 모두를 알아주는 그분께
손을 내밀며 행복하다고 고백했다.

긍휼만이

하나님이 보시는 인간이란
가고 돌아오지 못하는 바람
그것이었다.
그러기에 긍휼을 베푸시고
진노의 전부를 쏟아 내진 않으셨다.
아삽의 시를 읽으며
나의 존재를 생각해 보았다.
주님의 눈에 비칠 내 모습을 그려 보았다.
내 마음의 전부를 아시며
내 마음의 어떠함까지 모두 아실 주님을 생각하니
내가 드리는 기도가 초라하게 느껴졌다.
갑자기 쥐구멍에라도 들어가고 싶어졌다.
다음 순간,
그분의 긍휼만이 내게 필요한 전부임을
온전히 깨닫게 되었다.

예수를 깊이 생각하라

히브리서가 시작되었다.
내가 깊은 질병의 고통에서 신음할 때
나를 단숨에 건져 낸 그 말씀을 다시 보았다.

자기가 시험을 받아 고난을 당하셨은즉
시험받는 자들을 능히 도우시느니라(히브리서 2:18)

주님은 인간으로 오셨기에
인간의 아픔과 배고픔과 추위를 모두 맛보셨다.
더구나 배신의 상처도 아신다.
그분은 내가 겪는 아픔과 고통을 모두 이해하신다.
그러기에 그분 앞에 모두 내놓아도 부끄럽지 않은가
보다.

그래서 바울은 이렇게 권면했으리라.
예수를 깊이 생각하라!
내 마음에 퍼져 오는 깊은 징 소리마냥
나의 영혼을 송두리째 흔들어 놓은 말씀.

예수를 깊이 생각하라!

소유

아합 왕은 하나님의 계획과 간섭으로
승리했음을 잊었다.
그것은 처음부터 하나님의 손안에 있던 것이었다.
승리에 도취해서 그는 아람 왕 벤하닷을 풀어 주었다.
그는 하나님의 소유물을 자기 것인 줄 알았다.
뒤늦게 선지자의 입을 통해 알게 되었을 때
뒤늦은 후회를 했다.

하나님의 것인데 내 것인 줄 알았던 것.
나는 아합 왕보다 더한 사람이다.
나의 것이라고 우겼던 많은 것들
주님은 다 알고 계셨을 텐데
아무 말씀 없이 지켜만 보셨다.

말씀 앞에 엎드린다.
모든 것은 하나님으로부터 왔으며
당신의 것이 아닌 것은 하나도 없습니다.
나의 어리석음과 무지함을 용서하소서.
기도드린다.

순종

내가 이해할 수 있는 것만
순종했습니다.
내가 이해할 수 없는 것은
주님 뜻이 아니라 생각했습니다.
그런 오늘 아침
주님은 말씀으로
나의 부끄러움을 보여 주셨습니다.

선지자 한 사람이 또 다른 선지자에게
여호와의 말씀이라며
나를 치라 했을 때
불순종하며 떠나간 그를
사자가 나타나 길에서 죽였습니다.

그 말씀을 보며
내 마음대로 생각하며
내 마음대로 판단한
나의 모습들이 지나갔습니다.

주님께 용서를 구합니다.

그리고 지금도
주님이 하라고 하심에도
머뭇거리고 있는 것은 없는지
돌아봅니다.

손만 한 구름

바다 쪽을 바라보며 엘리야는 일곱 번이나
포기하지 않고 기도하며 기다렸다.
그리고 마침내
사람의 손만 한 작은 구름을 보며
여호와의 도우심을 확신했다.
그 확신에 찬 목소리가 부럽다.

하나님에 대한 전적인 신뢰.
오늘 내게도 여호와는 동일한 음성을 요구하신다.
하나님께 내 전부를 의탁하도록 요구하신다.

큰 아들이 아침에 일어나
큐티를 하는 모습이 보인다.
가슴이 일렁인다.
아들 또한 가슴 벅차게 하나님을 만나며
하나님의 사람들을 만나리라.

그런 아들을 보며 기도한다.
지금은 아무것도 보이지 않지만
손만 한 구름이 큰비가 되었듯이

엘리야처럼 온전히 하나님을 신뢰하며
끝까지 포기하지 않게 되기를.

듣는 마음

솔로몬은 그 무엇을 구하지 않고
듣는 마음을 구하였다.
그 말이 여호와를 기쁘게 하였고
그는 구하지 않은 것까지 얻게 되었다.
나는 무엇을 구할까?
그때의 나라면 무엇을 구하였을까?
지금의 나는 무엇으로 주님을 기쁘게 할 수 있을까?

갑자기 많아진 수업으로 목이 자꾸 잠겨 온다.
자주 물을 마시고 목소리를 낮추려 하지만
어쩔 수 없이 또 목청이 높아진다.
그러다 문득 솔로몬의 말에 공감한다.
사람과의 만남에서 듣는 마음을 달라고 기도한다.
그리하면 말하는 사람은 마음껏 말하고
나는 말을 많이 하지 않아도 될 터이니 일거양득이지
않은가.
말이 너무 많은 세상에서
남의 말을 잘 들어 주는 사람으로
가장 편한 사람으로 살아가고 싶다.

활과 화살

병든 엘리사를 찾아간 요아스.
그에게 엘리사는 화살을 쏘게 했다.
동쪽 창을 열고 쏘게 하고
땅을 향해 쏘게 했다.
그것은 여호와를 향한 구원의 화살임을 가르쳐 주었다.
그럼에도 요아스 왕은 세 번밖에 쏘지 않았다.
엘리사가 안타까워했으나 그것은 이미 엎질러진 물
이었다.

나는 어떤가.
하나님의 팔이 짧아서가 아니라
나의 믿음의 분량을 주님은 보신다.
수많은 활과 화살을 준비한들 그것을 쏘지 않으면 소
용이 없다.
내 평생에 오직 여호와만 섬기게 하소서 기도하면서도
정작 믿음의 분량이 적어서 하나님의 능력을 보지 못
함이 얼마나 많을까.
이 아침 요아스를 보며
나는 몇 번의 화살을 쏘았을까 자신에게 물었다.

3.

사람들

이불을 덮고

어느 날 둘째 아이가 내게 말했다.
"엄마! 나는 소원이 있어요."
"뭔데?"
"하루만이라도 예수님과 같은 이불을 덮고 자 보고
싶어요."
아이의 엉뚱한 말에 웃음이 났다.

아이는 자기가 몸부림을 치면
주님이 몇 번이라도 이불을 덮어 주고
그렇게 꼭 하룻밤만이라도 주님과 자 보고 싶단다.

어느 날 아이의 잠자리에 찾아오실 주님!
벌써 마음이 설렌다.

어미

큰아이가 지난주부터 기숙사에 들어갔다.

학교가 멀어서 담임 선생님께 부탁해 두었더니

마침 자리가 생겼다고 연락이 왔다.

부랴부랴 짐을 챙겨서 아이를 들여보내고 돌아오는 길에

알 수 없는 눈물이 났다.

아! 이것이 시작이구나 싶었다.

멀리 간 것도 아니고 주말이면 볼 수 있을 텐데.

그날 밤 나는 잠을 뒤척였다.

마치 늘 품속에 두었던 무언가가 빠져나간 듯한 헛헛함.

그 헛헛함 때문이었으리라.

다음 날 친정어머니께 전화를 걸었다.

오래전 내게 하셨던 말씀이 떠올랐기 때문이다.

결혼을 하고 나서 남편을 따라 대문을 나서는 뒷모습을 보면서

아! 이제 내 품을 떠나는구나! 하는 생각에

뒤돌아서 얼마나 많이 울었는지 모른다고 하셨다.

그때는 그 얘기가 그냥 주책없는 말로 들렸었다.

그런데 이제 그 얘기가 가슴으로 들려온다.
그렇게 인생을 알아 가는 거라고 어머니는 말씀하셨다.

전화를 끊기 전에 어머니는 한마디 더 하셨다.
"며칠 전 tv에서 어떤 의사가 나와서 그러더라.
목이 그런 거는 생명에는 지장이 없다고.
그래서 내가 안심했다. 앞으로는 걱정 안 할란다."

어머니는 딸이 행여 오래 살지 못할까 봐 마음 졸이고 계셨던 것이다.
내색은 않으셔도 얼마나 힘드셨을까 생각하니 목이 메여 왔다.
뭐라고 말이 나오지 않아 얼른 전화를 끊었다.
이것이 어미의 마음임을 누구보다 잘 알기에 한참을 울었다.
내 나이 쉰을 바라보는 이제야, 어미의 마음을 조금은 알 것 같다.

군자란을 보며

우리 집 화분에 군자란이 하나 있다.
친정아버지께서 몇 해 전 시장에서 사 주셨다.
그런데 아무리 햇볕을 쪼이고 물을 제때 주어도
한 번도 꽃을 피우지 않았다.
잎은 점점 커져 가고 화분을 갈아 주어야 할 만큼
몸집은 커져 갔다.
그런데 도통 꽃은 볼 수 없었다.
자리만 차지하는 볼품없는 존재.

그런데 이게 웬일인가?
어느 날 아침 나는 깜짝 놀랐다.
군자란 속살 사이로 조그만 봉오리가 나오고 있었다.
분명 꽃을 피울 봉오리였다.
5년 만에 처음으로 꽃을 피우는 것이다.
묵묵히 흙속에서 꽃피울 준비를 애써하고 있을 때
몰라주는 주인이 야속하진 않았는지
너무 미안한 마음이 들었다.

군자란을 보며 내 아이들을 생각했다.
때론 기대만큼 커 주지 않아 조바심 내며

실망했던 내 모습이 떠올랐다.

하지만 아이들은 어김없이 성장하고 있을 것이다.

훗날 하나님의 뜻에 맞게, 잘 자라 있을 아이들을 그려 본다.

어느 여인 이야기

그 여인은 아흔한 살이었다.
내가 초등학생이었을 때
중학생이던 그녀의 막내아들은 병으로 죽었다.
어린 아들을 떠나보내고
그녀는 넋이 나간 사람처럼 그렇게 몇 년을 살았다.
그 후 남편마저 떠나고 오랜 시간,
그녀는 또 다른 슬픔을 이고 살았을 것이다.
그 질기고 질긴 시간 동안
아무런 화려함도 없는 그런 시간이 흘렀다.

세월이 흘러 그 여인은 하나님을 알게 되었다.
그것이 무엇인지도 모르고 방언기도를 하고 있었고
하나님이 너무 좋다고도 하였다.

여든아홉이 되던 여름,
옥상을 오르다 쓰러진 이후
거동도 못한 채 2년 동안 요양원에 있는 동안
나는 단 한 번 그녀를 만나러 갔을 뿐이다.
지난여름, 그녀의 영정 앞에 섰을 때
한 번만 더 찾아갔을 것을,

뒤늦은 후회가 밀려왔다.

아무도 불러 주지 않았을 그녀의 이름은 오춘희였다.
아흔한 살 오춘희,
그녀는 나의 외할머니셨다.

인연

그저 스쳐 가듯 단 두 번밖에 보지 못한 사람이 있다.
그런데 나는 요즘 그 사람을 몹시도 그리워하고 있다.
마치 오랜 친구처럼 그리워지는 사람,
이 봄날에 나를 몹시도 그립게 하는 사람,
그의 이름은 현은정이라고 한다.
밥을 먹다가도 길을 걷다가도
문득문득 눈물 나게 보고픈 사람.

제주를 떠나오던 겨울,
그는 사랑하는 막내아들을 교통사고로 잃었다.
찾아와 줘서 고맙다고 아들이 다니던 교회에 처음 오
던 날
그는 찐빵을 사 들고 왔었다.
그렇게 단 두 번 그를 보았다.
그랬던 그가 아프다고 했다.
내가 수술받기 한 달 전에 설암수술을 하고
그다음엔 임파선 수술을 하고
이번엔 또 이마에 종양이 발견되어서 항암치료를 했
단다.
그리고선 몇 달째 밥도 먹지 못하고

링거에만 의지해서 지내고 있단다.

몸은 바싹 야위어 뼈만 남았고

얼마 전부턴 한쪽 눈도 제대로 보이지 않고

혀가 굳어 말도 못 한다고 한다.

그런 그가 너무 그립다.

아무도 알지 못할 그 지독한 공포를 나는 알 것도 같기에

그를 만나 손이라도 잡아 주고 싶다.

한 번이라도 안아 주고 싶다.

그 고통 속에서 그는 무슨 생각을 할까?

그를 생각만 해도 눈물이 난다.

단 한 번 전화로 목소리를 들었고

그는 내 얼굴조차 알지 못한다.

그럼에도 그가 몹시도 그립다.

이 봄날,

밝은 꽃이 지천으로 피어 있는데

그의 맘속엔 행여 꽃이 모두 지고 있는 건 아닌지 두렵다.

작별

그는 떠났다.
많은 이들의 배웅을 받으며
그토록 사랑했던 이들을 뒤로하고
차마 하지 못했던 말들을 다른 이의 말들로 대신하며
그렇게 떠났다.

그날 아침 하늘은 마치 가장 행복한 얼굴을 하고 있었다.
사랑하는 막내아들을 천국에서 만날 생각에 들뜬 그이의 마음처럼.

그의 관이 내 곁을 지나는 순간
잘가요! 내뱉은 말에
고마워요! 그가 말하는 듯했다.
흐르는 눈물 속에 그를 보내며
하나님께 너무 가혹하다고 따지고 대들었던
내 모습이 어리석게 여겨졌다.

마흔다섯의 나이에 떠나간 그의 죽음을
세상 사람들은 불행하다고 말하겠지만

나는 그가 행복한 사람인 것이 느껴졌다.
주님이 얼마나 그를 사랑하셨는지
그의 장례식을 통해서 알게 하셨다.

오랫동안 그를 잊지 못할 것 같다.
아니 잊혀지지 않을 것 같다.
그리고 먼 훗날 그를 만나면 힘차게 한번 안아 주고
싶다.
이 땅에 살 동안 해 주지 못한 미안한 포옹을
그곳에 가서라도 해 주고 싶다.
주님 때문에 가능한 아름다운 작별을
그와 하고 돌아왔다.

천 일보다 하루

오늘
천 일보다 귀한 하루를 산다.
내가 주님 안에 있을 때
세상에서의 천 일보다 그 단 하루가 더 귀하다고
어느 목사님이 말씀하셨다.
그 얘기를 들을 때
지난봄 천국으로 떠난
그가 생각났다.

주님을 모르고 마흔두 해를 살았고
주님 품에서 3년을 살았다.
그 3년 동안 주님만 바라보며
주님께만 매달리며 살았던 그 시간들이
어쩌면 그의 삶 속에서
가장 귀한 시간이었을 것이다.

훌쩍 높아진 하늘을 보며 그를 그리워한다.
그리고 천일보다 더 귀한 하루하루를 살았던
그를 생각한다.

아버님이 돌아가셨다. 2021년 10월 29일이었다. 한 달 전에 요양병원에 입원하셨고 병세가 악화되어 얼마 못 사실 거라 생각은 하고 있었지만 생각보다 빨리 돌아가셨다.

우리 부부는 볼일이 있어서 그날 부산에 있다가 울산으로 가서 몇 가지 옷만 챙겨 부랴부랴 대구로 향했다.

아버님은 93세셨다. 젊을 때는 지금의 공군사관학교에 해당하는 비행기 조종사 훈련을 받으실 만큼 뛰어난 머리와 신체를 가지신 분이셨다고 한다.

그런데 사업을 시작하시면서 어려움을 겪었고 살던 집에서 사기를 당하는 통에 그 후 내내 경제적 어려움을 겪었다고 한다.

시댁 식구들은 그분을 원망하기도 했지만 내게는 따스했던 분이셨다. 결혼 직후 내가 학원에서 아이들에게 국어수업을 하고 있을 때 말없이 국어사전을 선물로 사 주셨다.

아마 수업할 때 필요할 거라 생각하셨던 모양이다.

다행히도 아버님은 입원하시기 전날 주님을 영접하셨다.

남편이 그날 대구에 간다고 하기에 마음이 급해졌다. 그래서 따라나섰는데 아버님을 뵌 순간 통곡이 나왔다. 너무 말라서 뼈만 남아 있었다. 마치 살가죽이 뼈와 붙어 있는 형상이었다.

한참을 그렇게 같이 울고 난 후 "아버님! 예수 믿고 천국 가셔야지요?" 했더니 어떻게 하면 갈 수 있냐며 나 같은 사람도 갈 수 있냐고 하셨다.

정말 기적 같은 순간이었다. 성령님이 모든 마음의 준비를 마치신 것 같았다. 나는 얼른 챙겨 간 노트를 열었다.

며칠 전, 조용기 목사님의 설교를 듣다가 목사님이 영접기도를 따라 하게 하는 부분이 있었는데 나는 그 부분을 몇 번이고 반복해서 들으면서 그것을 노트에 적어 뒀었다.

그날 이상하게 대구에 가면서 그 노트를 챙겨 가고 싶었다. 그것을 펼쳐서 저를 따라 하시면 된다고 했더니 영접기도를 처음부터 끝까지 다 따라 하셨다. 그리고 아멘! 하셨다.

그것을 읽는 내내 가슴이 쿵쾅거렸다.

기도가 끝나고 난 후 아버님은 내게 고맙다고 하셨다. 우리 둘째 며느리 덕분에 천국 가게 됐다고 고맙다고 어린아이처럼 몇 번이나 말씀하셨다. 우리는 함께 기쁨의 눈물을 흘렸다.

우리 부부와 아이들이 그동안 몇 번에 걸쳐 복음을 전했지만 별다른 말씀이 없으셨다. 그런데 그날 모든 것이 순식간에 뒤집어졌다. 성령님이 모든 걸 준비해 두셨기에 그날 그렇게 내 마음이 급했던가 보다.

입관식 때 돌아가며 아버님 귀에 손을 대고 마지막 인사를 할 때였다. 내가 울면서 "아버님! 천국에서 다시 뵐게요!" 했더니 그 순간 내 손가락이 한참 동안 진동했다.

장례지도사가 너무 눈물을 많이 흘리면 시신이 훼손된다고 주의를 주었다. 나는 그 말에 손을 뗐지만 손가락에 남은 진동의 느낌은 너무 강렬했다.

이게 뭘까? 인간의 감각 중에 귀의 감각이 가장 오랫동안 남아 있다는 말을 들어 보긴 했지만 혼자 기분이 이상했다. 마치 아버님이 내 목소리를 기억하고 있는 듯했다.

그 일은 아무에게도 말하지 못하고 이 시간까지 혼자 간직하고 있다.

장례식은 별 탈 없이 마쳤다. 별다른 잡음 없이 조용한 가운데 치러졌다. 아버님은 6.25 참전용사라 영천 호국원에 모셔졌다. 주변도 깨끗하고 여러모로 다행이란 생각이 들었다.

12월 18일 저녁 아주버님으로부터 남편에게 전화가

왔다. 아직 어머니가 거주하시는 아파트를 자기네 명의로 이전할 것이니 협조하라는 것이었다. 그리고 몇 차례 나는 중재에 나섰다. 그리고 모든 걸 책임지는 조건으로 넘겨주기로 했다.

이 일을 겪는 과정에서 많은 상처와 아픔을 남겼다. 또한 사탄은 나를 계속 공격해 왔다. 누군가를 미워하고 비난하는 것을 그만둘 수 없도록 나를 괴롭혔고 한편으론 그런 나를 계속 자책하게 했다.

'네가 그러고도 하나님을 사랑한다고 할 수 있느냐? 네가 그러고도 하나님의 이름으로 책을 출판하겠다고 하는데 웃긴다!' 그렇게 나를 끊임없이 공격해 왔다.

하마터면 출판하는 것도 포기할 뻔했었다. 나는 계속 '하나님이 이 모든 일에 증인이 되어 주세요'라고 마음속으로 거듭 외쳤다. 이 모든 과정을 알고 계신 분은 하나님이시다. 그것이 나를 위로하는 가장 큰 힘이 되었다.

하나님이 증인이시니 그걸로 충분하다. 그렇게 위로를 한다. 그리고 용기를 얻는다. 다시 힘을 내어 마무리를 한다. 이 모든 것을 합력하여 선을 이루어 가실 하나님을 신뢰하기로 한다.

그리고 먼 훗날 이 일을 뒤돌아볼 때 이것이 오히려 복이 되게 하실 것을 믿는다. 감사합니다. 주님! 미리 감사를 드립니다.

내 잔이
넘치나이다

ⓒ 임인숙, 2022

초판 1쇄 발행 2022년 2월 25일

지은이   임인숙
펴낸이   이기봉
편집   좋은땅 편집팀
펴낸곳   도서출판 좋은땅
주소   서울특별시 마포구 양화로12길 26 지월드빌딩 (서교동 395-7)
전화   02)374-8616~7
팩스   02)374-8614
이메일   gworldbook@naver.com
홈페이지   www.g-world.co.kr

ISBN   979-11-388-0683-1 (03810)